KB064756

산곡山曲

황금알 시인선 136

산곡山曲

초판발행일 | 2016년 10월 31일

지은이 | 박중식
펴낸곳 | 도서출판 황금알
펴낸이 | 金永馥
선정위원 | 김영승 · 마종기 · 유안진 · 이수익
주 간 | 김영탁
편집실장 | 조경숙
표지디자인 | 칼라박스
주소 | 03088 서울시 종로구 이화장2길 29-3, 104호(동숭동, 청기와빌라2차)
물류센타(직송 · 반품) | 100-272 서울시 중구 필동2가 124-6 1F
전 화 | 02)2275-9171
팩 스 | 02)2275-9172
이메일 | tibet21@hanmail.net
홈페이지 | http://goldegg21.com
출판등록 | 2003년 03월 26일(제300-2003-230호)

값은 뒤표지에 있습니다.

ISBN 979-11-86547-45-8-03810

*이 도서의 국립중앙도서관 출판예정도서목록(CIP)은 서지정보유통지원시스템 홈페이지(http://seoji.nl.go.kr)와 국가자료공동목록시스템(http://www.nl.go.kr/kolisnet)에서 이용하실 수 있습니다.(CIP제어번호: CIP2016024590)

산곡山曲

박중식 시집

황금알

* 이 시집은 저자의 시적 의도에 의해 띄어쓰기와 한글맞춤법을 벗어난 부분도 있습니다.

| 시인의 말 |

萬緣放下 허공으로 누워

그저 느긋하게 쉰다.

오오오 '忘言공부'

벌써 열두 해나 흘러갔구나!

病이 깊도다.

절대고요의 눈부신 耳鳴이여!

2016년 6월 자자헌에서

차 례

1부

2부

3부

4부

1부

외딴집

느린
웃음소리

아주 느린
웃음소리

저음부低音部
저음부低音部의

금황색
그 웃음소리.

산곡山曲 101

금년 겨울 초입에 떨어진
낙엽을 밟으면서부터

훌륭한 시인詩人도 되지 않겠다고
굳은 마음 먹었습니다

그 생각 하나로
벌써 시중독詩中毒에서 벗어나

콧구멍 없는 가문의
당당한 인물이 됩니다

아침마다 뜬금없이
금똥도 쌉니다

산山이 온통
수승하게 고요해집니다.

산곡山曲 61

요즈음엔 그다지
시詩를 귀하게 여기는 생각이
일어나지 않는다

다만 멍하니 허공 바라보다가
눈에 탁 걸리는 광명光明
산벚나무에
치매풍의 마음이 자주 머물게 되는 평상平常이다

'이런 작금의 헛수작 또한, 굳이 일종의 작법作法이라
우긴다면, 너무 뻔뻔한 내 자유自由의 누설일까?……'

각설하고
금년 봄날 몽매한 나의 시업詩業은
이렇게 시를 잃는 풍류風流를 끄적거림으로써
시 몇 조각 바람에 날려 보내고 있는 중이다

낙화洛花 떠나가는 골짝
물 위에서
물이 추는 꽃춤 물의 시詩 바라보며.

산곡山曲 69

잎보다 먼저 핀
백목련 속 깊은 고요
피었다 진다

봄 그림자
아지랑이 사태沙汰
우수수 지고 있다

내 마음도 지금 투명하게
지는 꽃잎에 겹쳐
홀연 환幻의 축제로 나뒹굴고 있나니……

'허허, 저
회리바람꽃 좀 봐!'

상강霜降

산국향山菊香이 환한
마당에 앉아
차茶를 마신다

노을 선생先生좋아하는
새소리
모셔놓고

가을 한 귀퉁이에도
고이
차茶를 올린다

「추사秋史」――――――
머리통 속까지 파고드는 빛
그 된서리를 위하여.

여일如日

내가 달을 보는 것이 아니라
내가 달이 되어 달이 나를 바라보고 있네

내가 산山을 보는 것 아니라
내 마음이 산이 되어 산이 내 마음이네

그렇다 나는 지금
흉내 내기 중中이다 문뜩

"남쪽으로 고개 돌려
북두칠성 바라보고 있는"* 중이다

아무것도 모르는 놈이
시詩도 모르는 허접한 놈이

허허 허공되어
밑 빠진 빛이 되어.

* 1700 공안 중中의 하나. 무의자의 「선문염송」 어디엔가 들어 있음.

꿈속에서

호호백발
노老스님 혼자

백지 위에
사경寫經을 한다

무심필無心筆에
맹물 찍어

며칠째
꿈속에서.

여일如日

새벽 한 시, 고요함이 익은 듯하여 시詩 쓰기를 그만 두었습니다. 겨울 냉기로, 책장 넘기고 있습니다. 성당시盛唐詩 읽고 있습니다. 시불詩佛 왕마힐* 선생님 생각합니다. 만날 수 없으므로, 차茶 한 잔 올리며, 지금 만나 뵙고 있습니다. 문득 언령言靈을 생각합니다. 죽은 피 한 방울 섞이지 않은…… 그 시詩 구절들 앞에, 다시 차茶 한 잔 올립니다. 어둠의 파도 숨죽이고 있습니다. 들끓던 찻물 조용해지고 있습니다. "가다가 물이 다한 곳에 이르러, 우두커니 앉아 피어오르는 구름을 본다"는 선생님 남기신 말씀, 다향茶香 섞어 마시고 있습니다. 인적 없는 새해 고요함 벙글고 있습니다.

* 왕마힐 : 왕유(당唐)

여일如日

겨울비
맞고 있는
붉은 감들 보며

"있는 그대로 본다"는 사실이
이렇게 황홀한 것임을
처음 알게 되었습니다

아무도 오지 않는
우가雨家에 앉아
랄랄라 랄랄라 금국차金菊茶 마시며

바야흐로 뱃속이 환해지는 것을
바라보고
있습니다 지금.

여일如日

만일사 晩日寺
풍경소리
듣는 사람 없다

아흔두 살
귀먹은 노老스님
혼자 앉아 있다

가을 햇살
구르는 소리
바라보고만 계시다

진종일
나무토막처럼
차茶도 마시지 않는다

성거산山 앉은뱅이 물맛
조용하다
매우 밝다.

여일如日

오늘
차茶맛
참
시끄럽네

아니네 아니네
매미들의 땡볕 진언眞言
뜨겁네
매우 뜨거우시네

귀바퀴 멍하다고
가을도 잠깐
옥잠화 흰 그늘에 누워있는
백중白中

아아아어어어오오오
우우우움움움 ———
나도 덩달아
옹알이를 해보네.

여일如日

비가 와서
게으름 덩어리로
누워 있습니다

방바닥 따뜻하게
덥히고
바쁜 새소리 혼자 듣고 있습니다

곰취 몇 이파리
따다
놓았습니다

곱돌솥에 쌀밥
부글부글
끓고 있습니다

차茶항아리에 찻잎들
넉넉한 것
생각하니

우리 집 마당
봉숭아 꽃
걱정 없이 예쁘기만 합니다.

산곡山曲 155

아침밥 먹고 우두커니
앉아

내가 나한테
아침 문안問安 올린다

'시詩 쓰는 집 박 선생님
안녕하십니까?……'

그리고 오늘도 묵묵부답으로
인사는 받지 않는다

생각하면 태어나지도 않은 평화平和인 내가 나한테 건네는
이런 허통虛通한 수작은

언제나 천성이 무덤덤한 거시기라서
본래면목 없는 한가한 짓일 뿐이다.

(암암, 허구한 날 그저 그렇게 흘러가는 목판화 같은
생각이고 말고)

여일如日

차茶 한 잔
달라고
새봄이

문지방
베고
누워있네

햇살다포茶布
한 조각
조용히 펼치시고.

천첨차天尖茶 마시며

— 다눌茶訥에게

환한

이

차茶맛

그대에게

반쯤

보내드리니

탕색 고운

달을 좀 보게나

지금.

여일如日

봄비 내려
비에게 차茶를 올린다

빗소리 지금
법음法音이다.

여일如日

달 속에 달
또한 떠있어

더욱 밝은
밤

홍매紅梅는 홍매화라 붉을 뿐이네

각황전
화엄사

홍매
단청.

2부

여일如日

나는 차茶를 모른다
정말 차 맛이
뭔지도 모르는 중늙은이다

다만 우리 집 앞산
기슭
물이 좋아

산山골짝
그 깊은 물맛에
감읍感泣할 뿐

혼자 사는 일 아예
맹탕이라
찻사발 몇 개 책꽂이에 두고 바라다볼 뿐.

여일如日

삼천포 방파제에도
봄이 왔더라

거품꽃 하얗게들
피고 있더라

비린내나무 비린내꽃
만발한 5월

어둠 또한 큰 꽃이라
피고 지더라.

마음 노래 43

겨울엔
따뜻한 것이
부처님이다

불 안 꺼트려야 한다 그러니까
탄불 꺼트리면
아니 된다

나는 추위를 많이 타므로
당연히 불심이 쎄야 한다

불심을 거꾸로 쓰면
심불心佛인데
가운데 '是' 字 하나만 넣으면

'마음이
곧
부처다' 그런 뜻이다.

연탄 노래 1

수행력이 뛰어나신
생전의 청화清華 스님께서는

귓속에 얼음이 박히도록
토굴수행에 정진하셨다

그러나 나는 졸장부이므로
연탄을 믿는다

연탄난로를
철두철미하게 믿는다

겨울엔 아무튼
용맹하게 구멍탄을 믿어야만 하는 것이다

나는 지심귀명례로 부처님도 믿고 청화스님의 경지도 공경하지만
시커먼 구멍 또한 추접스럽게 믿고 사는 것이다.

여일如日

다음 정류장은
저승이지

생生으로부터의
방생放生이구나

아름다웠던 무지개꽃 그 먼 너머로의
비상飛翔이네

현기증 나는 요령 소리
타고 가는구나

그 소리
빛 부시리.

일행一行* 스님께

1
당신께서 오신다고
비가 내렸습니다

당신께서 오셨다고
매화꽃 터졌습니다

먼 옛날부터 이 비를
매우梅雨라 불렀습니다

2
당신의 미소 속엔
아무것도 없습니다

미소가 미소마저 지워버려
다 지워진 맹물입니다

그 허공 내음
조용히 빛 부십니다

3
당신이 이 땅에 오셔서 가르쳐주신
그 웃음으로
꽃을 바라봅니다
봄을 바라봅니다

평화롭게
평화롭게
당신 계신 저 먼 허공도
바라다봅니다

처음으로 저에게
바라봄을 가르쳐주신
그
웃음으로.

* 일행一行 : 틱낫한 스님

천자字 상자字 병자字

1
늙으면 다 외로워지고
국물맛을 안다

사과가 과일만은 아니고
맛있는 반찬임도 안다

즐거워라 ——— 덩달아 즐거워하는
천상병 칼국수여!

2
차마 마실 수 없어
너무 보배로워
이 말년의 황금빛 한 잔

안주는 무슨 필요
맥주 그님이
바로 내 고해의 안주였으므로

그럼 딱 한 잔만 바라보겠음
하나님 몰래 들이켜겠음
천상 천상병이나 되기 위하여

3

옛날 김종삼, 그 귀 큰 건달바께서 동아방송에 근무하고 계실 적에, 우리들의 천선생님은 백 원 얻으러 하루 건너 해돋듯, 그곳엘 갔었더랍니다. 하하, 그런데 이게 무슨 웃기는 짜장면 곱빼기에 짬뽕 국물입니까? 그 종삼 형님 백 원 한 푼도 없으셔, 잠깐만 기다리라고 분부하신 뒤, 이삼백 원 어김없이 빌려다 주셨더랍니다. 그 먼 옛날.

4

복 달아 나라고 내복 다 달아나 다라나 다라니 니복 되라고 라르고 라르고로 다리 양다리 떠신다 진종일 복다라나 다라니 다라나 배불뚝이 복다라나 배복쟁이 복 다라니 다 바쳐 다문 다문 안주면 문다 다라니 복 달아나 내복 빨리 다라나 복 다라나 다라나 다라니라 다리 다라니 떠신다.

5
해묵은 맨정신의
한가한 나를

행여
시인詩人이라 부르지 마

그까짓 식어빠진 시詩 몇 줄
아무렇게나 흘리고 산 지 오래

다만
지견知見 없는 발자국들을 흠모할 따름

가난한 내 이름 석 자
이젠 성도 부르지 마!

6

하나같이 철딱서니 없고, 허구한 날 술만 퍼마시다, 하나 같이 시詩 안 쓰는 여류 마누라쟁이들 속 썩이고들 가신, 그리운 나의 수양아버지들.

고故 박용래

고故 김종삼

아버지 천상병.

거울 속의 김종삼金宗三 1

“전장은 참으로 슬픈 일이라서
밝고도 깊은 슬픔뿐이로구나”라는 말씀만

열두어 번 연거푸
반복했을 뿐인데……

하이얀 슬픔의 진언眞言들이 모여
어깨동무를 하고

메아리 같은 시詩가 되었다

어젯밤 거울 속에서
고요한 소리로 나를 닦아주시며

고아 같은 시인詩人께서 떨구신
연민의 환언幻言 전부다

※

지극 정직한 정성이
끝내 성聖스러운 천진天眞인지라

그것이 당연지사
눈부신 작법作法인지라……

피고름 뚝뚝 떨어지는
시詩들에게
붕대를 감아주고 계셨다

여기저기에 누워
팔다리가 썩어가는 문장文章들이
악취 나는 비명으로 울고 있었고

세상이 버린 우리들의 시옹詩翁께서는
죽어서도
시詩의 사지를 손도끼로 무참히 잘라

내버리는

야전병원 닥터의 임무를
수행하고 있었다

묵묵부답 말言語들의 손발 윗부분을
철사줄로 칭칭 동여매는
잔인한 지혈을 하며

눈물로
혁혁한 금강金剛의 눈물로

시계詩界의 죽은 말들을 바라보고 있었다.

거울 속의 김종삼金宗三 2

『김종삼 전집』 앞부분에
먹물로 내가 그린
붓질 몇 장을 보여드렸다

가만히 들여다보시더니
뻘잔을 놓고
청색 골덴 모자로 웃었다

조용한 종로3가 뒷문門을 열고
들어갔는데
방안은 청수장 정릉 어디쯤 비탈이 나왔다

삼림森林 속 글쟁이들이 모여
무슨 시詩 나부랑이인가 지글지글 석쇠에 구우며 웃고
떠드는
왁자지껄 화탕극락이었다

무지개로 누워있는
만취한 시체들은

하나같이 만다라曼荼羅 덩어리들인데

깡마른 체구로 깐깐하게 떠난
시붕詩朋 권명옥 씨는
보이지 않았다.

3부

땡감

나는
반야심경 중독자다

중은 아니지만
이름 가운데 자字에 '중' 자字가 들어있다

그래서 하루 한 번
꼭 반야심경 밝혀

마셔야만
돌아가 계신 아버님께 효심을 바치는 기분이 드는 것이다

효자도 아닌 주제에
불자佛子인 것이다 땡감처럼.

여일如日

묵은김치 한 보시기
조개젓 몇 점 놓고
밥을 먹는다

찬물에 말아 혼자 먹는 점심이
이렇게 장엄하여

오늘 대낮
감나무 이파리들
눈부시다.

마음 노래 57

내 마음이
저물고 있다

그 이름이
지금 노을이다

오! 정광淨光의 청정淸淨한
정경情景의 뜻을

나는 아직도
모르고 있다.

마음 노래 37

당신께 드릴
빛을 캐고 있다

요즈음
나는

공空을
키우고 있다.

티베트어를 모르는 내가

꿈속에서 내가
티베트어 경전을 읽고 있었네

'꿈속에서 행복하라'고
쓰여 있었네

쫑카파 선생님의 턱수염 배워
롱첸바 선생님의 콧부염 배워

염소의 행복이든
야크의 행복이든

뜨거운 행복이든
차가운 행복이든……

랑리땅빠 선생님 톡메쌍뽀 선생님께서 흘리신
8방울 더하기 37방울의 눈물 본받아

휘휘황황 보주寶珠의 피눈물 속 불꽃

끝끝내 닮아

정원正圓의 행복이든
타원楕圓의 행복이든……

티벳 사람들의 코 닮은 내 큰 코가
콧구멍이

밝고 고요해야 한다고
또박또박 무지개로 걸려 있었네.

간경看經

춤을 추며 읽는다
태평무太平舞로 읽는다

광대하게 광대한 밀가루로 읽는다
은하수로 읽는다

곱디고운 적광寂光 수억 만 톤
무량無量한 흥취로 천둥번개 피우며 읽는다

「미라레솔시미
 미시솔레라미」

무지개칠현금七絃琴 뜯으며
하늘북 치며

태어나지도 않은 내가
환幻으로 환幻으로 읽는다

심연에서.

산곡山曲 203

마법사를 꿈꾸던 내가
엉겁결에
다시 꿈속에서
쓰디쓴 자연自然을 이루었다 시인詩人이 되었다

○○○○○○
○○○○○○
○○○○○○
○○○○○○

꿈을 깨니
여기는 그냥 그림자 없는 평일平日이라
까르르 까르르르르
투명한 봄새가 운다

그가 간 곳은 오직 그가 알 뿐인 귀머거리
발자국도 찬연히
필
봄바람도 분다

아! 내가 지금 또 생면부지인 나를
전광석화공電光石火空의 무지개들을 만나고 있구나!

중중무진重重無盡 여여如如한 마술처럼
기승전결도 없이

업으로 업으로.

산곡山曲 239

아침국 대신
가득 끓여 놓은 차茶에
밥 말아 먹는다

산山 깊어
도반은커녕
거시기 또한 없기 때문이다

'무량한 다복茶福
지극 광대하소서,
이렇게 혼자 자축自祝해 본다

'몽월당夢月堂, 이라……
당호 뚱딴지같이 지어놓고
빈 달 속에 앉아.

받아쓰기 81

내 생각의 뒤에서
완강하게 생각 바라보고 있는 생각은
시詩 쓰지 말라고 한다.

그렇다
이제 나는 가까스로
생각할 수 있게 된 것이다.

오오오오옴
오십

빛을 모셔야지
이젠.

뻐꾸기

내 속에서
누구인가
뻐꾸기 소릴 듣고 있어

그게 누구인지
정말
나도 몰라

누구일까?
뻐꾹뻐꾹
적멸寂滅의 그림자

뻐꾹뻐꾹
저 늙은이
허공은 환히 알고 있겠지.

산곡山曲 68

가을 햇살처럼
시詩가 마구 쏟아지는 날이 있어

그걸 다 게걸스럽게
받아쓰질 않고

가만히 들여다보며
참외를 깎아 먹는 중이야

며칠 전 파장 무렵에 만났던
참외장수

두 개를 더 덤으로 얹어주며
"제 마음입니다"라고 말하던……

그 참외장수의 눈부신 외시外詩
담담한 그 시詩의 풍격風格을

곰곰
생각해 보고 있는 중이야.

여일如日

낙숫물 소리 진종일
홈통을 울려
영락없는 목탁소리다

잠꼬대같이
우가雨家에 누워
물로 지은 명부전冥府殿 생각을 한다.

우서愚書 87

제1회 황소문학상 대상과 아미타문학상 금상 동시 수상자로, 말대가리 계관시인 정하영 선생이 결정되었다. 소대가리 문화 걸乞 장관님의 충격 기습 발표다.

"나도 타고 싶다! 나도 타고 싶다!" 이렇게 이구동성으로 외치다가, 꿈을 깨었다. 음매음매 읍내 염소떼들 속에서. 섬강가에서.

(아! 우린 또 다시 수십 억년을 기다리며, 시詩를 써야 한다. 구걸求乞하며, 풀만 씹으며.)

4부

망언亡言 13

귀뚜라미 소리
투명합니다

이 또한
적막의 공덕功德입니다

'고요함의 공덕'이란 말씀
어디에선가 본 듯 생각납니다마는

혹여 표절이 되었다 하여도
그까짓 것 용서하시길 바랍니다

오! 이 무슨 찬가讚歌인가?
이 가을.

산곡山曲 127

창밖은 지금
고요한 안개

수묵水墨으로 밝아오는
환화幻畵 육십인데

시詩 나부랭이 종이 되어
볼모나 되어

허허 평생 허송하고도, 한입 가득
웃음만 고이는 이른 아침인데……

눈앞에 저렇게 탕탕蕩蕩한 허명虛明*두고
공연히 시詩를 찾아 헤매었구나

아무것도 모르면서
휘휘황황 흘러가는 극약劇藥인 줄도 모르고.

* 허명虛明 : 무한한 밝음.

망언亡言 19

내가 끓인 콩나물 김칫국에
혁혁한 만점을 주며
점심을 먹는다

마른 국멸치 조금 더 들어 가
비린내 살짝 풍긴다고
72~88점 주면 무엇하나

당대 최고의 수라라고
칭찬하며
윤허해 주고 먹어야

지존하신 속이 시원해지고
그 속에 들어가신 북어 대가리도
함께 활짝 앙천대소하시는 것이다

혼자 무슨 재미로 밥해 먹나?
허접한 반찬들하고
부정 작당하는 재미라도 없으면

무엇하러 정치精緻하게
정성 들여
밥해 먹겠는가?

망언亡言 20

아침 먹고
한숨 자고

늦은 점심 먹고
한숨 더 자고

저녁은 아니 먹고
그냥 잔다

하루 세 차례 수승하게 주무시면서
세끼 밥까지 챙겨 먹으면

'새벽 공부인工夫人으로써
말년 도의末年 道義에 어긋나는 법法이다'

그렇게 추상秋霜같은 생각 하나로
장엄한 나날들을 수습修習하는 것이다.

점點

오늘은
아침 일찍 먹고

털모자 서둘러
출타해야 한다

버스 타고 꽁꽁 언
횡성 읍내 다녀와야 한다

내가 멀리 눈보라로 날아와
횡성문학 사람 되었으므로……

2009년 16집에 들어갈 시詩 한 편
달포 내 뒤뚱거리며 살얼음잠 설치게 하고 있으므로

거기, 마음 밝혀
점點 하나 더 찍으러 가야 한다

(오! 하염없는 눈물

만취했던 청시사靑柿舍*)

외곬으로 떨구던 반백半白의 낙루落淚 우러러 배웠다네
오오오, 35년 전.

* 청시사靑柿舍 : 시인 고 박용래(1925~1980) 선생님 대전 오류동 댁의 당호

* 사족蛇足 : 선생님 제가 어느덧 선생님 영면永眠하시던 해, 그 연세와 똑같은 나이가 되었습니다. 유언처럼 '예술은 짧고, 술은 영원하다.'고 가르쳐 주신, 아! 흠결없이 정진하셨던 나의 선생님! 분명히 제 곁에 원고지처럼 계셨었는데, 지금은 사라진 치통齒痛처럼 사라진, 허허, 환몽幻夢이었단 말입니까?

마음 노래 51

저는
고요할 寂 字 고요할 靜 字

'寂靜'이라는 말을
좋아합니다

오늘은 그 앞에
金剛이라는 말을

갖다
붙이며

눈부신 거울이 되어 보는 것입니다
「金剛寂靜 金剛鏡!」

산곡山曲 216

프레미엄 안과 의사 박명호 씨는 큰 스승님처럼, 앓고 있는 내 동공을 약물 몇 방울로 확대시킨 뒤, 작은 등으로 비추었다. 내 눈 속에 들어있는 그 오래된 금빛 호수를 비추어 주었다. 순간 나의 전신은 만萬개의 태양, 애시당초 투명한 빛의 진원지인 그것으로 돌변하였다. 그리하여, 혁신적으로 무지無知한 광대무변한 광원光源의 그 절대고요 속을 들여다보고야 만 것이다. 오! 2012년 5月 ㅇ日 오전 10시 30분, 그 동네식의 유喻로는 "도리어 네 눈동자를 보라!"에, 엉겁결에 그만 상응하고야 만 것이다.

공부工夫 1

"나는 공산당이 싫어요!"
이렇게
골수 반공 소년 승복이처럼
외치고 죽을 것만이 아니라

'나는 극락도
도솔천도 다 싫어요!'라고

된 서릿발로 악을 쓰며
공부해야만 하는 것이다

지금도 萬緣放下 허공으로 누워
그저 느긋하게 쉰다로
앓고 계시는
원효성사聖師 보지공寶誌公*화상 본받아.

* 보지공寶誌公 : AD(418~514)

공부工夫 8

오늘 밤 달은
호매豪邁합니다. 홀로
정직正直합니다.

웅심雄深하고
고아古雅한
보름 달빛입니다.

저런 시詩 한 덩어리
꼭 쓰고 싶습니다. 그러나
오늘 밤은 시詩쓰기 마냥 부끄러운 초겨울 밤입니다.

스스로의 빛을 부끄러워하는
빙경氷鏡*앞에서
차마 고개 들지 못하는 숙명입니다.

* 빙경氷鏡 : 달의 이명異名

산곡山曲 65

어제 몇 년째 쓰던
자尺를 버렸다
자가 애시당초 삐뚤어져 있었음을
발견했기 때문이다

내친김에 내 뒤통수도 내버려 버렸다
거울 앞에 서서 뒤통수에 작은 손거울을 대보니
못생긴 대갈통이
본래 삐뚤어져 있었음을 확인했기 때문이다

그리하여 덤으로
허공 또한 내버려 버렸다

텅 빈 줄로만 알고 있었던 허공의
그 명명백백明明白白한 중심을

비로소 알아냈기 때문이다.

적寂 23

눈[目]이
눈에 붙어 있는, 귀[耳]였구나!

(이광명耳光明다라니)

오! 귓속에 돋은
다래끼여!

눈물로 쓴 시詩

이내*가
뿌우옇게
낀 아침

바흐의 뒷모습 닮은
먼 산山을
바라본다

무반주의 능선
타고
안과眼科가는 길

누가 자꾸만
핏발의 현弦
긁고 있다.

* 이내 : 남기嵐氣.

산곡山曲 218
— 홀로그램

나는 있다!
공空선생님들께서 없다고 하시거나 말거나
무조건 나는 있다!

내가 있다면 있는 것이므로
하하하
결정코 만유萬有는 환幻으로써 있다!

한 걸음 더 나아가
진색眞色으로 엄존한다
심각하지 않게…… 음, 고요하고 너그럽게

오! (空·色) 幻이여!
여기에선 실유實有도 空도, 아예 촌놈들인 것이다.

산곡山曲 12

시詩 쓰는 일보다
남의 글 베껴 쓰는 일이 더 좋아
요즈음은 계속
그 작업에 몰두하고 있다

여기 '사콩 미팜'의 글
한 구절 소개한다
사콩 미팜은
'쵸감트룽빠' 님의 친아들이다

(불교사佛教史는 지금 티베트 불교를 매우 처절하게 만개 시키고 있는 중이다)

"우리는 우리 자신을 위해 존재하는 것이 아니다.
우리의 지혜와 자비를 모두에게 베풀어,
그들이, 우리의 사랑과 배려를 느끼도록 하기 위해,
존재하는 것이다"

오! 범우凡愚하고 천근한 나도 이렇게 한 字 한 字

함께 따라 공명하면서
절박하고 그 심오한 공리空理에 확 취해 버리는 것이다
광대하게.

안개

안개가 앞 산山을
삼켜버린
아침

서른 살 무렵에 보았던
'중론中論'을
만 25년 만에 다시 펼친다

요즈음
공空은
나의 아내다

태어나지도 않아
명백하게
나는 태어나지 않았으므로

안개가 그렇듯
이제 나는 무아無我도 아닌
뿌우연 대연大然인 것이다.

붕우朋友

— 송희관 형兄께

술이 대관씨보다 조금 과한
가천리 희관씨를 만났다

3일 내내
여여한 술통이었다

연세대학교 모국어母國語과 출신인 송형宋兄은
송宋나라 때 사람이 아니라서

모처럼 촌구석에서
'디트리히 본 회퍼' '폴 틸리히'를 얘기하며 웃었다

나는 자유自由한 그가 자유의 덫에서도
무심無心히 해방되기를 빈다

표연히 흘러만 가는
노을 천리千里 주천강酒泉江처럼.

산곡山曲 288

'죽으면 눈雪을 쓸 수 없어
성聖스러운 죄도 다시 지을 수 없어!
그토록 신성神性한 물거품이 삶이야'

노인老人은 혼자 그렇게 중얼거리며
낮은 기침을 했다

햇살 쿨룩쿨룩
눈부시게 날리며

시린 어깨
시린 어깨로 감싸며.

산곡山曲 302

붓질하듯
눈을 쓸다가

머릿속 하얗게
눈을 쓸다가

'눈雪의 털은 검고
또 희기도 하다'는
허공의 흰소리 들었네

나이 육십에
안단테 칸타빌레로
눈을 쓸다가.

산곡山曲 299

맛없는 반찬도
보배로운 반찬이라고

생각을 바꾸면 먹을 만한 반찬이라고
부드럽고 향기로운 참기름 같은 마음을 먹게 되었습니다

반찬보다
그 마음을 먹게 되었습니다

그리하여 평등무이平等無二라는 무미한 반찬을
곱씹게 되었습니다

먼 산山 바라보며 터득한 비법秘法으로
걸식인 듯 산山을 뜯어먹기 시작한 것입니다.

산곡山曲 99

산山속에
한층 더 깊은 이끼산山 숲 계곡
장엄하듯이

시詩 속에 더 심오한 詩의 메아리
숨어 있는
그런 시詩들 있다

여명의 허공 그 어디엔가
빛을 뿌리고 가는
천연색天然色 산새들처럼

타오르는 사신捨身의 불더미 속에서도
웃음 짓는 불꽃이 되어 적광寂光의 웃음 짓던
순교자 틱광득스님*처럼.

* 틱광득스님 : 무자비한 불교 탄압을 종식시키기 위하여 1963년 6월 11일 사이공에서, 소신공양으로 분신, 생을 마감한 베트남의 선사. 세계적인 고승 틱낫한 스님의 스승께서, 젊었던 시절 매우 사랑했던 도반.

여일如日

늦매미 울음소리
크다

고요하다
빛 부시다

바야흐로 대적광大寂光이다

호박꽃 송이송이
노랗게 귀 여시고

지천으로 깨닫고 있다
혈값으로 깨닫고 있다.

여일如日

치명적인 빛
차茶를 마신다

그렇지만 나는
빛을 마시는 사람은 아니다

오히려 쓰디쓴 빛을 바라보고 있는
허령虛靈한 웃음

하하하
나는 차茶다

지금 해골 뚜껑이 해괴하게
들썩거리고 있다.

배움이 자연스레 끊어진 듯, 광명光明스런 사진가

— 최광호 〈육갑병신六甲丙申〉전展에 붙여

환갑날 활활
벌거벗고 앉아

내가 내 스스로의
기념사진을 찍네

어릴 적 백일잔치
첫돌사진 닮은

천연天然한 당연
내 환갑사진을 찍네

'수가야, 우리 집 외동딸 최수가야,
오늘은 아버지 환갑날

여기 오신 하객들 모두
옷을 벗겨 드려라

하늘도 옷이 없고 땅도 본래 뻘거숭이니

우리 모두 공화심共和心으로 벌거벗고 모여

목욕재계
청정淸淨허공으로 누워

'단체누드화엄환장환갑기념사진, 촬영
한판 눌러보자

허심탄회 ——〉 융회融會하며 ——〉 허허
헐*!

* 헐 : 할자字의 오자誤子아님

물구나무서서 웃는 바다

— 최광호 〈허공의 시간〉전展에 붙여

빛을 포획하는 기계로
평생 빛을 남획하더니

이젠 손으로 빛을 잡아
기묘한 물상物像들을 무위무심無爲無心으로 만드는구나

그리하여 이 대명천지에
단 한 번도 존재한 적이 없었던
추물醜物들을 조물彫物하여 찍고 먹고 사시는구나

유리 세공사 바다와 수십 년씩 투합投合 공모하여
깨진 소주병 쪼가리들을 칠보 마노 다루듯
추상철학으로 갈아
칠보단장 눈부시게 화엄행華嚴行도 곧장 행하시는구나

흐흐흐, 개벽開闢이래 처음으로
바다가 낳은 유리로
바다가 낳은 난산의 철사줄 자식들 줄줄이 엮어

과거, 현재, 미래가 영겁=찰나로 사라진
무분별 무시간無時間의 황홀 그 광대무변한 수작으로
지금 여기의 노끈으로
바다를 한 덩어리 적광寂光으로 뭉쳐 거꾸로 매달아 놓았도다.

보아라! 물 한 방울 흘리지 않고
파도소리 한 조각 버리지 않는
그 미친 괴력怪力의 빛의 심연深淵에서

만월滿月로 스스로 점안식點眼式을 한 바다
온통 파도문신 새긴
'물구나무서서 웃는 바다'를
화두話頭인 양 던져 놓았구나

고故 자코메티, 마르셀 뒤샹 코쟁이 큰형님들
혼비백산 다녀가시든 말든……

음—— 본래 태어나지도 않은 여여옹如如翁이 되어

보라! 바다 저 절대 고요의 소리를
주시하고 있구나! 청淸!

* 사족 : "오늘 이후로 저는 최광호 형兄에게 우좌지간 옹翁자를 붙여 부르겠습니다. 왜냐하면, 바야흐로 열혈환갑熱血還甲 예술쟁이가 분명해졌으므로. 휘휘황황 영아행 또한 새로운 광명光明이므로. 그리하여 소인小人은 지금, 신령스럽게 현현顯現하신 작품들을 완상하는 것이 아니라, 옹翁의 웅숭깊은 마음속 수궁水宮 그 자리에 들어가, 감로甘露바다와 함께 가가대소 공명共鳴해 보는 것입니다."

산곡山曲 96

— 명정明正 스님께

오래된 허공이 있습니다

자꾸만 웃는 허공이 있습니다

밝고 밝아 아주 깊은 허공이 있습니다

고요한 향기로
안팎이 사라진 허공이 있습니다

오! 지금 여기
태어나지도 않는 원圓이
여여옹如如翁이라는 별명을 가진 원圓이

광대하게 신명 나는
금강적정金剛寂靜 금강경金剛鏡이 있습니다.

해설

■ 해설

'장엄한 나날'을 '수습'하고 있는 산골짜기 시인

호 병 탁(시인 · 문학평론가)

1.

시인은 강원도 횡성의 산골짜기에 틀어박혀 혼자 산이나 뜯어먹고 사는 사람이다. 비 소리만 들리는 산 중의 적막 속에서 홀로 차를 끓이는 한 거사를 생각하면 그의 현재 모습이 선연히 그려진다. 말이 쉽지 예사로운 삶이 아니다. 그래서 그런지 그의 모든 시편에는 선기禪氣가 가득하다.

아침 먹고
한숨 자고

늦은 점심 먹고
한숨 더 자고

저녁은 아니 먹고
그냥 잔다

하루 세 차례 수승하게 주무시면서
세끼 밥까지 챙겨 먹으면

'새벽 공부인工夫人으로써
말년 도의末年 道義에 어긋나는 법法이다'

그렇게 추상秋霜같은 생각 하나로
장엄한 나날들을 수습修習하는 것이다.

-「망언亡言 20」 전문

시인의 일상이 눈에 보이는 듯하다. 첫째부터 셋째 연까지는 먹고 자고, 먹고 자는 일의 반복으로 특별히 해석하고 자시고 할 것도 없다. 그러나 우리는 행간에서 시인이 밥은 두 끼만 먹지만 '한숨'의 잠, 즉 토막 낮잠까지 포함해서 하루에 세 번 잔다는 것을 알 수 있다. 한유한 산속의 일상에서 있을 수 있는 평범한 일이다.

그런데 시인은 이를 평범하게 보지 않는다. 시인에게 하루 세 차례의 잠은 "수승하게 주무시"는 것이 된다. '수승殊勝'은 '특히 뛰어난 일'이다. 이런 '뛰어난 일'을 하는데 '잠자다'라고 할 수는 없는 일이다. 당연히 '주무시다'라는 존경어가 따라 나올 만하다. 세 번 자는 게 '수승'이란 말이 나올 정도로 그렇게 대단한 일인가. 미묘한

역설이 발생하기 시작한다. 그런데 시인은 세 차례의 잠에다가 "세끼 밥까지 챙겨 먹으면" 말년에 산에 들어와 공부하는 사람의 '도의道義'가 아니라고 판단한다. 그래서 "지녁은 아니 먹고 그냥 잔다"는 것이다. '세끼 밥' 챙기지 않는 게 인간이 마땅히 행해야 할 '도의'와 연결된다. 역설은 심화된다.

마지막 연은 우리의 입을 딱 벌어지게 한다. 저녁 먹지 않고 잔다는 것, 즉 하루 두 끼만 먹겠다는 마음을 시인은 "추상秋霜 같은 생각"이라고 말한다. 게다가 한술 더 떠 그런 '서릿발 같은 생각'으로 "장엄한 나날들을 수습"하고 있다고 벌어진 입을 더 벌어지게 만들며 시를 마감한다.

하루 두 끼 먹는 사람 얼마든지 있다. 필자도 아침은 커피 한 잔으로 때운다. '추상같은 생각'은 커녕 일일이 매 끼니를 챙기는 게 귀찮아서이다. 더구나 낮잠 두 번은 생각도 못 한다. 점심 먹고 고개 주억거리며 토막잠 한숨 자면 다행이다. 하루 두 번 낮잠 자고 두 끼 먹는다는 생각은 '추상'이 아니라 오히려 '춘몽'에 가까운 느긋한 감이 있다.

그런데 놀랍게도 시인은 이런 한유한 하루하루를 "장엄한 나날"이라 부른다. 낮잠 두 번 자고 끼니 두 번 챙기는 나날이 어찌 그렇게 '웅장하며 위엄 있고 엄숙한 나날'이 될 수 있단 말인가. 한마디로 말도 안 되는 소리다. 시인은 그런 나날을 '수습'한다고 말한다. 수습은 동음이의同音異意로 '收拾'으로도, 또한 '修習'으로도 읽을 수 있을 것이다. 흩어진 것들을 거두고 어지러운 마음을 바로잡는 '收拾'이나, 학업이나 업무 같은 것을 배우고 익히는 '修習'이나 둘 모두 평범한 일상을 '지낸다는 것', 즉 '살아간다는 것'의 표현으로는 어처구니없이 뜻이 큰 거창한 말이다. "장엄한 나날들을 수습"한다는 말은 한마디로 궤변이다.

결국 우리는 논리적 모순을 고의로 범하고 있는 시인의 이런 엄청난 과장에 어쩔 수 없는 실소를 터뜨리고 만다. 확실히 우리는 어떤 경이감으로 입을 딱 벌렸고 마침내 웃고 말았다. 이는 독자들의 정서를 그만큼 강하게 움직였다는 말이 되고 또한 그만큼 강력한 '심미적 쾌감'을 주었다는 말에 다름 아니다. 최소한 이것만으로도 시는 성공했다.

2.

비합리적 과장에 기인한 강한 아이러니의 표출로 독자에게 심미적 쾌감을 준 것만으로 위의 시는 끝이 나고 마는 것인가. 필자는 앞에서 시인의 모든 시편에는 선기禪氣가 그윽하다고 말한 바 있다. 그렇다. 이런 면에서 볼 때 시의 해석은 이제부터 시작이다.

우선 「시인의 말」을 볼 필요가 있다. 시인은 모든 것을

'방하放下'하고 만년에 허공에 누워 "느긋하게 쉰다"고 말하고 있다. 그러나 그가 쉬는 것은 그저 쉬는 것이 아니라 실상은 "망언忘言 공부"를 하는 중이다. 그리고 그런 공부를 하며 산속에서 벌써 열두 해란 세월이 흘러갔다. '망언'은 망언妄言이 아니라 그따위 망발의 말 같은 '말' 자체를 '잊고자' 하는 망언忘言이다. 다음 대목은 절창이다.

> 병이 깊도다
> 절대고요의 눈부신 '이명耳鳴'이여!
>
> –「시인의 말」 끝 부분

'이명耳鳴'은 확실히 병의 일종이다. 청신경에 문제가 생겨 어떤 소리가 계속 환자의 귀에게만 들리는 것처럼 느껴지는 병이다. 시인은 우선 자신에게 그 병이 깊다고 영탄을 발한다. 그런데 그 병은 "절대고요의 눈부신" 이명이다. 이명 앞의 이 간략한 수식어는 시각과 청각이 어우러지는 강한 심상을 만드는 동시에 '계속 들리는 소리'와 '절대고요'라는 상극적 요소의 결합으로 패러독스 효과를 창출하고 있다. 이명의 '연속되는 소리'는 결코 인간들이 쏟아내는 망언이 아니다. 이 점에서 이명은 '절대고요'나 다름없다. 고요는 원래 '소리 없는' 것에 기인하지만 이제 '소리 있는' 이명의 귀 울음과 서로 통하며 연결된다. 따라서 이명은 긍정적인 '눈부신' 병이 되는 것이다. 그리고 이런 병이야말로 열두 해란 세월, '망언 공부'를 하며 깊어져 간 아름다운 병이 아니었던가.

그런데 "절대고요의 눈부신 이명'을 득하기 위해 시인이 무엇보다 강조하는 것은 '방하'다. 흔히 '내려놓아 버리라'는 의미로 '무소유'를 강조하는 선종의 화두로 자주 쓰이는 말이다. 마음에 내재하고 있는 탐욕과 집착을 버림으로써 인간의 자기 회복이라는 목적을 지니고 있다. 이 말은 원래 누가 부처에게 꽃을 공양하자 '방하착放下着'('착'은 '방하'를 강조하는 어조사)하라고 답했다는 데서 유래한 말로 꽃을 공양했다는 집착의 마음마저 내려놓으라는 뜻이다. 시인의 방하를 담은 시 한 편을 보자.

> 어제 몇 년째 쓰던
> 자尺를 버렸다
> 자가 애시당초 삐뚤어져 있었음을
> 발견했기 때문이다
>
> 내친김에 내 뒤통수도 내버려 버렸다
> 거울 앞에 서서 뒤통수에 작은 손거울을 대보니
> 못생긴 대갈통이
> 본래 삐뚤어져 있었음을 확인했기 때문이다
>
> 그리하여 덤으로
> 허공 또한 내버려 버렸다

텅 빈 줄로만 알고 있었던 허공의
그 명명백백明明白白한 중심을

비로소 알아냈기 때문이다.

―「산곡山曲 65」 전문

시인은 몇 년째 쓰던 '자'를 버리고, 내친김에 '뒤통수'도 내버리고, '허공' 또한 덤으로 내다 버린다. 모두 방하하는 것이다. "자는 "애시당초 삐뚤어져 있었"고, 뒤통수는 "못생긴 대갈통이/ 본래 삐뚤어져 있었"으며, 텅 빈 줄 알았던 허공도 "명명백백한 중심"이 있음을 알아냈기 때문이다.

상대성이론을 들먹이지 않더라도 이제 빛도 휜다는 사실은 주지하고 있는 바이다. 일반 잣대야 말해 무엇하랴. 필자도 자신의 뒤통수가 어떻게 생겼는지 모른다. "거울 앞에 서서 뒤통수에 작은 손거울을 대"봐야 보일텐데 누가 뒤통수를 향한 이런 치열한 정신을 가지고 있단 말인가. 대개의 사람은 이미 뒤통수를 잃어버렸다. '일체개공一切皆空'이지만 그 텅 빔 속에 모든 것이 다 들어 있다. 즉 공과 유는 하나로 회통되고 이는 마음의 작용이다. 청청허공이 만물을 포함하듯 마음이 만법을 낳는다. 그렇다면 현상에서 보는 허공 또한 버려야 할 대상이 된다.

시인은 산 중의 일상에서 얻은 '깨침'과 그로 인한 방하의 당위를 노래하고 있지만 실상 산속에 들어가 사는 자체가 이미 많은 것을 버렸음을 의미한다. 쉬운 일이 아니다. 막상 버릴 것을 골라내 놓고 보면 아깝지 않은 게 어디 있던가. 별것 아닌 물건도 정들어 놓으려다 다시 집어 들게 되지 않던가, 그런데 시인은 다 놓아 버렸다. 그리하여 이제 "절대고요의 눈부신 이명'이란 아름다운 병을 앓게 된 것이다.

3.

앞에서 「망언 20」의 해석은 끝난 게 아니라 이제 시작이라고 언급했다. 다시 돌아가 보자.

이 시의 도입부, "아침 먹고" 자고, "점심 먹고" 자고, "저녁은 아니 먹고" 그냥 잔다는 말은 일견 '먹고 자는' 평범한 일상의 진술 같다. 그러나 시 후반부의 "장엄한 나날들"을 견인하게 하는 당위는 바로 이 평범한 진술에서 비롯된다. 하루 두 끼를 먹던 세 끼를 먹던 사람은 먹어야 산다. 먹고 자고 싸는 일은 당장의 현실 속에 살아 움직이는 인간의 필수적 과업이자 즐거움이 된다.

선禪에서의 유심론은 일상에서 부단히 유동하는 보통 사람의 마음을 '만법의 주체'로 인식한다. 선종의 수행과 해탈방안에서 일관되게 강조하는 것은 '밖으로부터 구하지 않는 것(不假外求)'과 '틀에 박힌 외재적 수행을 하지 않는 것(不假外修)'인데 이는 바로 현실생활 속에서 자아 만족의 정신경계를 만들어 내자는 것이다. 피안의 세계가 아닌 중생이 살고 있는 '지금 여기'가 선의 실천무대가 되는 것이고 '배고프면 밥 먹는다(飢來喫飯)'는 수연임운隨緣任運의 평상이야말로 수행공부가 되는 것이다.

시에 나타나는 시인의 평상생활에서 우리는 위에 언급한 '외구外求'와 '외수外修'를 거부하는 전형적인 선적 태도의 진면목을 보게 된다. 시인이 산골에 들어가 산다고 해서 머리 깎고 출가出家한 것은 아니다. 그저 자연의 일부로 천인합일의 일상을 살고 있을 뿐이다. '배고프면 먹고, 졸리면 자는 것'이 바로 인간과 자연의 대표적인 원시적 계합契合으로 천인합일사상의 체현이 아니겠는가.

'먹고 자는' 일상은 아무런 하는 일도 없이 무위도식하는 것처럼 들린다. 그러나 먹기 위해서는 밥을 끓여야 하고 잠자기 위해서는 방바닥을 덥혀야 한다. 누가 대신 밥상을 차려주고 불을 피워준다면 무위도식이 맞다. 그러나 그의 밥은 스스로 지은 것이고 불도 스스로 지핀 것이다.

비가 와서
게으름 덩어리로
누워 있습니다

방바닥 따뜻하게

덥히고
바쁜 새소리 혼자 듣고 있습니다

곰취 몇 이파리
따다
놓았습니다

곱돌솥에 쌀밥
부글부글
끓고 있습니다

차茶항아리에 찻잎들
넉넉한 것
생각하니

우리 집 마당
봉숭아 꽃
걱정 없이 예쁘기만 합니다.

–「여일如日」 전문

비 내리는 산 중에 화자는 '게으르게' 누워 새소리를 듣고 있다. 그러나 우리는 화자가 이처럼 게으름을 피우기 위해서는 "방바닥 따뜻하게 덥히고", 반찬 하려고 '곰취'도 따다 놓고, '곱돌솥'에 밥도 앉혀 놓았음을 바로 알 수 있다. 더구나 그가 즐기는 차를 마시기 위해 찻잎들도 항아리에 넉넉하게 담아 놓았음도 알 수 있다. 실상 작은 산짐승처럼 화자는 부지런히 산속에서 움직이고 있었던 것이다. 이제 방바닥은 따뜻하고 밥은 부글부글 끓고 있다. 문득 마당의 "봉숭아 꽃"을 보니 꽃은 "걱정 없이 예쁘기만"하다.

'걱정 없는' 꽃을 보았다는 건 깨침이다. 수많은 예쁜 꽃 중에서도 집 마당의 봉숭아가 아무런 '걱정까지 없이' 예쁘게 핀 것을 발견했다는 것은 '먹고 잘' 수 있는 준비를 마친 화자의 넉넉한 마음과 함께 다가온 또 하나의 깨침이다. 시인은 이처럼 임운자연任運自然하는 산 중의 일상에서 깨우침의 공부를 하며 산다. 그런 시 하나 더 보자.

겨울비
맞고 있는
붉은 감들 보며

"있는 그대로 본다"는 사실이
이렇게 황홀한 것임을
처음 알게 되었습니다

아무도 오지 않는
우가雨家에 앉아
랄랄라 랄랄라 금국차金菊茶 마시며

바야흐로 뱃속이 환해지는 것을
바라보고
있습니다 지금.

—「여일如日」 전문

새들의 양식으로 몇 개의 "붉은 감"은 겨울이 되도록 남겨두기 마련이다. 겨울비 오는 날 화자는 아무도 찾아오지 않는 집에서 국화차를 마시며 그 감을 바라보고 있다. 더할 것도 뺄 것도 없이 "있는 그대로"의 '비 맞는 감'이 오늘따라 처음처럼 '황홀하게' 보인다. 약간은 쓸쓸함이 감도는 고즈넉한 정경이지만 화자는 '충만한 자유'에 오히려 "랄랄라" 즐겁다. 그래서 그런지 국화차는 절로 '금국차'로 변한다. 황금의 국화차를 마시니 뱃속 또한 환해지리라. 그렇게 환해지는 뱃속을 스스로 바라볼 수 있다니 어떤 깨우침 없이는 불가한 일이 아닌가. 시인은 자신을 대상화하여 볼 수 있는 눈을 가지게 되었다. 즉 조용한 응시를 통해 자신의 내면을 드려다 보고 있는 것이다.

4.

시인에게는 일상의 '행주좌와行住坐臥', 즉 걷고, 머물고, 앉고, 눕는 모든 소소한 일들이 그대로 수행이 되고 있다. 우리가 보기에 그의 재가在家수행은 수행 같지도 않은 이른바 '수행 없는 수행(無修之修)'이다. 시인은 비록 산속에 틀어박혀 있지만 소위 우리 귀에 익숙한 '벽관좌선' 같은 말은 한 번도 발화하는 법이 없다. 그는 '몸은 죽은 나무'처럼, '마음은 타버린 재'(身如枯木心如死灰)처럼 요지부동 눕지도 않고 흙벽만 바라보고 앉아있는 고목枯木선은 단호히 거부하고 있는 것이다. 궁둥이가 물러 터져도 오직 장좌불와長坐不臥 하는 면벽은 깨침에 대한 또 다른 집착이자 욕망인 것이며 그것은 실상 '자학적 고문'에 불과하다. 시인의 고행 없는 '무수지수'의 깨침은 혼자 먹는 가벼운 점심에서도 순간적인 인식의 도약으로 얻어진다.

묵은김치 한 보시기
조개젓 몇 점 놓고
밥을 먹는다

찬물에 말아 혼자 먹는 점심이
이렇게 장엄하여

오늘 대낮
감나무 이파리들
눈부시다.

－「여일如日」 전문

밥은 찬물에 말고, 반찬은 김치에 조개젓뿐이다. 일상 중의 일상이라 할 '한 끼'의 소박한 점심을 먹는 것이다. 그러나 "오늘 대낮/ 감나무 이파리들"은 "눈부시다." 햇빛에 감나무 잎이 반짝거리는 것은 흔히 볼 수 있다. 그럼에도 그것이 '눈이 부실' 정도로 보인다는 것은 또 다른 쾌속의 즉흥적인 깨침이다.

시는 그야말로 시각적 심상이 눈부시다. "묵은김치 한 보시기", "조개젓 몇 점", '찬물에 말은 밥'과 같은 구체적 언어들은 명징한 심상이 되어 우리가 시인과 함께 조촐한 밥상을 앞에 두고 있게 한다. 그리고 우리는 시인 옆에 앉아 감나무에 쏟아지는 찬란한 햇빛의 잔치를 보게 된다.

감나무 잎은 햇빛으로 광합성을 해서 살아간다. 시인은 비록 오죽잖지만 한 끼의 밥을 먹으며 살아간다. 생명에 대한 각성과 대자연에 대한 대긍정이 있을 뿐 여기에 무슨 집착과 욕망의 갈등이 있는가. 폭포수처럼 떨어지는 햇빛을 받고 있는 감나무와 소박한 시인의 점심밥상에는 '충만한 자유'와 '지극한 평화'가 넘실대고 있을 뿐이다.

이제 우리는 시인의 일상이 결코 범상한 것이 아님을 깨닫기 시작한다. 갑자기 '장엄'이란 어휘가 눈을 찌른다. 분명히 시인은 "찬물에 말아 혼자 먹은 점심"이 '장엄'하다고 말하고 있고 따라서 "감나무 이파리들이 눈부시다."고 '당하즉오當下卽悟'의 깨침을 설하고 있다.

임운자연의 삶에서 오는 무한한 자유와 평화! 우리는 '먹고 자는' 시인의 일상이 왜 "장엄한 나날을 수습"하는 것이 되는지 확실히 알 것 같다. 「망언亡言 20」의 해석은 이제야 끝이 났다.

5.

일단 평범하게만 보였던 시인의 일상이 어찌해서 '장엄한 나날'을 수습하는 것인지 알았으니 이런 관점에서 여타의 시를 읽어내는 것은 어렵지 않다. 시집에는 차茶에 관한 여러 시편이 산견되고 있다. 따라서 이런 시를 나 몰라라 할 수 없다.

차 마시는 풍습이 성행한 곳은 원래 선가禪家였다. 이는 '다도'의 정신과 '선'의 정신이 서로 계합하기 때문이다. '차와 선은 하나의 같은 맛'이라는 '다선일미茶禪一味' 사상은 백장百丈 · 조주趙州 등의 선사에 이르러 그 깊이를 더하며 후세에 계승되었다. 특히 훗날 선가의 유명한 화두가 된 '끽다거喫茶去'라는 말은 도를 묻는 제자에게 조주가 준 대답이다. 차를 마시는 '끽다'는 평상심이고, 평상심은 곧 도이자 선에 다름없다. 조주의 이 대답은 한마디로 다선일미사상의 핵심적 발언이라 할 수 있다. 지눌知訥이 "불법은 차를 마시고 밥을 먹는 곳에 있다."고 한 말이 새삼스럽다. 산중의 일상을 보내는 시인이 차를 즐겨하는 것은 '다선일미' 정신의 발현으로 아주 자연스러운 일로 보인다.

그래서 그런지 시인은 때로 "아침 국 대신/ 가득 끓여 놓은 차茶에/ 밥 말아 먹"기도 한다, 이에 대해 그는 "무량한 다복/ 지극 광대하소서"(「산곡」 239)라며 혼자 자축自祝하기도 한다. 차 마신다는 사실 자체를 복으로 안다. 즉 '다복茶福'도 '다복多福'으로 여겨 스스로 감사하고 자축하는 것이다. 이는 바로 '끽다喫茶' 또한 '장엄한 나날'의 한 부분이 되기 때문일 터이다.

시인은 봄 햇살이 "차 한 잔/ 달라고" "다포 한 조각/ 조용히 펼치시고" "문지방 베고 누워있"(「여일」)는 걸 보는 사람이고, 차 속에서 "탕색 고운/ 달"(「천첨차天尖茶를 마시며」)도 보는 사람이다. "가을 한 귀퉁이에도/ 고이/ 차를 올"(「상강」)리고, 빗소리를 '법음法音'으로 여기고 "비에게 차를 올"(「여일」)리기 까지 하는 사람이다. 차에 관한 한 도통한 사람 같다. 그러나 다음 시를 보자.

나는 차茶를 모른다
정말 차 맛이
뭔지도 모르는 중늙은이다

다만 우리 집 앞산
기슭

물이 좋아

산山골짝
그 깊은 물맛에
감읍感泣할 뿐

혼자 사는 일 아예
맹탕이라
찻사발 몇 개 책꽂이에 두고 바라다볼 뿐.

–「여일如日」 전문

위에 열거한 것처럼 시인은 차에 관한 많은 시를 쓰고 있다. 그러나 '다도'에 관한 언급은 한 마디도 없다. 차는 색色 · 향香 · 미味의 세 가지가 조화를 이루어야 한다느니, 차의 적정한 농도를 위해 차를 따를 때 여섯 번 찻잔을 왕복하며 따라야 한다느니, 다관의 찻물은 마지막 한 방울까지 따라야만 재탕 때 좋은 차 맛을 보존할 수 있다는 등 차에 대해 아는 체하는 발화는 일체 없다. 하기야 국 대신 차에 밥 말아 먹기도 하는 사람이 아닌가.

시는 단도직입적으로 자신을 "정말 차 맛이/ 뭔지도 모르는 중늙은이"라고 고백한다. 그러면서 자신의 차가 지닌 모든 아름다운 색 · 향 · 미를 집 앞의 "산골짝/ 그 깊은 물맛"에 돌리는 겸양을 보인다. 사실 물은 차의 '체體'이기 때문에 차 끓이는 물은 매우 중요하다. 차인들은 물맛을 품천品泉이라 하여 그 우열을 평가하였는데 초의는 좋은 물의 여덟 가지 덕을 가볍고, 맑고, 차고, 부드럽고, 아름답고, 냄새가 없고, 비위에 맞고, 탈이 없어야 하는 것으로 보았다. 시인이 사는 산골짜기 샘물은 이 여덟 가지 조건을 모두 갖추고 있는 것으로 보인다. 시인은 이 깊은 물맛에 '감읍'하며 고마워할 뿐이다.

시인은 작품의 마지막까지 겸양의 몸짓을 보이고 있다. 자신은 원래가 '맹탕'인지라 차에 관한 것이라면 "찻사발 몇 개 책꽂이에 두고 바라다 볼뿐"이란다. 세상에. 다기는 다기함에 두어야지, 아니면 최소한 부엌의 살강 위에라도 놓아야지, 어찌 책꽂이에 올려놓고 쳐다만 본단 말인가. 개가 풀 뜯는 것 같은 이런 의외의 말에 우리는 웃음을 어쩌지 못한다. 독자를 울게 하던 웃게 하던 강한 정서적 자장으로 이런 감정을 유발하였다면 좋은 시다. 그럼에도 '찻사발을 책꽂이에 두고 본다'는 사실은 그냥 넘어갈 일이 아니다. 함의가 있다.

"나는 차를 모른다"고 시인은 글을 시작했다. 이 말은 최소한 '알지 못함', 즉 모른다는 것을 '알고' 있다는 소리다. 노자는 "알지 못함을 아는 게 으뜸이다(知不知上)"라고 도덕경에서 가르친다. 우리는 아는 게 많다. 그러나 그 '안다는 것'을 따져보면 몰라도 한참 '모른다는 것'을 알게 된다. 뜰의 봉숭아꽃이 예쁜 줄은 알지만 실제로 그것의 미묘하고 신비한 생명구조에 대해 얼마나 알고 있는가. 자기 자신에 대해서는 얼마나 알고 있는가. 나는 정체성을 가진 하나의 객체다. 아이 때의 나나 어른이 된 나나 '동일'한 나다. 그러나 변화된 또 '다른' 나다. 자신의 무의식 세계 밑바닥을 제대로 꿰뚫고 있는 사람이 얼마나 있겠는가. 이것이 안다는 것의 실체다. 그렇다면 우리는 차나무와 찻그릇과 차 마시는 법에 대해 과연 무엇을 얼마나 알고 있다는 것인가. 시인은 최소한 모른다는 것을 '알고' 있고, 이는 모른다는 것을 '모르는' 사람보다 백배 천배 낫다.

답이 나오는 것 같다. 공간이동도, 전시장도 없는 '부재'의 사이버공간은 이제 홈쇼핑을 하는 '실재'의 공간으로 엄연히 존재한다. 소위 '진망화합眞妄和合'의 구조다. 선에서는 불성의 평등사상을 기초로 불국정토가 사바세계이고, '중생이 곧 부처(衆生是佛)'라는 선리가 강조된다. 부처는 심산유곡의 선방에 있는 것도 아니고 금색 칠하고 대웅전 안에 앉아있는 것도 아니다. 그것은 현실 세계의 '먹고 자는' 구체적 인간 안에 있다. 하물며 차를 따를 때 찻잔 여섯 개를 왕복하면 어떻고 일곱 개를 왕복하면 어떠랴. 마시기에 적당하면 되지 그것에 차를 따르면 어떻고 막걸리를 따르면 어떠랴. 찻사발을 살강에 두면 어떻고 책꽂이에 두면 또한 어떠랴. 차에 밥 말아 먹었을 때 시인은 차도 마시고 밥도 먹었다. 당연히, 또한 틀림없이 그는 찻사발 대신 밥사발을 사용했을 것이고 양자의 구별은 무의미하다.

'개 풀 뜯는 것 같다'고 실례되는 말을 했지만 실은 이

말도 틀린 말이 아니다. 개의 조상이 늑대인 것은 분명하다. 다른 종들의 경우 종 분화 이후에는 잡종이 생산되지 않지만 개와 늑대, 코요테, 자칼은 아직도 서로 교잡할 수 있으며 이들의 잡종 역시 번식력을 유지한다. 그런데 개의 이빨은 아직도 늑대처럼 날카롭고 강하나 가축화되며 잡식성으로 변해 사람이 먹는 것이면 무엇이든 다 먹는다. 고기도 먹도 밥도 먹고 채소도 먹는다. 당연히 풀도 먹을 수 있고 풀 뜯는 소리도 낼 수 있는 것이다. 따라서 개 풀 뜯는다는 게 틀린 말이 아닌 것처럼 "찻사발을 책꽂이에 두"는 일도 틀린 말이 아니지 않는가.

6.

앞의 여러 시편들에서 본 것처럼 시인은 산 중의 일상에서 많은 깨침의 공부를 하며 살고 있다. 이런 일상은 시 쓰는 일에도 그대로 반향反響되어 시 한 편 한 편이 모두 선시禪詩처럼 읽힌다. 그는 "시를 잃는 풍류風流를 끄적거림"으로 "시 몇 조각을 바람에 날려" 보내기도 하고 "낙화洛花 떠나가는 골짝"에서 "물이 추는 꽃춤 물의 시"(「산곡」 61)를 바라보기도 한다. 스스로 그는 산속에서 열두 해의 "망언忘言 공부"를 하고 있다고 말한 바 있다. 모든 걸 방하하고 나아가 '말' 자체를 '잊고자' 하는 사람이 마구 글을 써 갈길 리가 없다.

가을 햇살처럼
시詩가 마구 쏟아지는 날이 있어

그걸 다 게걸스럽게
받아쓰질 않고

가만히 들여다보며
참외를 깎아 먹는 중이야

며칠 전 파장 무렵에 만났던
참외장수

두 개를 더 덤으로 얹어주며
"제 마음입니다"라고 말하던……

그 참외장수의 눈부신 외시外詩
담담한 그 시詩의 풍격風格을

곰곰
생각해 보고 있는 중이야.

–「산곡山曲 68」 전문

위 시는 시인의 시작詩作 태도를 극명하게 보여준다.

시는 나직하고 친근한 목소리로 그의 속내를 우리에게 전언하고 있는 것 같다. 무엇 무엇을 하고 있는 "중이야"라는 두 개의 동일한 통사구조의 종결형은 작품의 미학적 성취에도 결정적 역할을 하고 있지만, 우리가 그의 마음을 자연스럽게 읽어내도록—일방적인 타이름이나 가르침이 결코 아닌—만든다.

"가을 햇살처럼/ 시가 마구 쏟아지는 날"도 있지만 시인은 "그걸 다 게걸스럽게/ 받아쓰질 않"는다. 그렇게 되면 망언妄言이 된다. "게걸스럽게"라는 수식어에는 그런 망언을 배척하는 시인의 마음이 그대로 온축되어 있다. 그는 '쏟아지는 시'를 들여다보며 그걸 받아쓰는 대신 엉뚱하게도 참외를 깎는다. 그리고 "며칠 전 파장 무렵"의 참외장수를 생각한다. "두 개를 더 덤으로 얹어"주며 그는 "제 마음입니다"고 말했다. 이 말은 이 시에서 가장 중요한 대목으로 작동한다. 시인은 참외장수의 이 한마디 발화에서 진정한 시의 '풍채風采와 품격品格'을 발견한다. 참외 두 개를 더 얹어주는 참외장수의 '마음'은 누가 시킨 것도 가르친 것도 아니다. 저절로 발로된 선한 인간의 마음이다. 시는 가난하지만 선한 마음이 신산한 인생길에서 건져올리는 것이 아닌가.

우리는 앞의 여러 시편에서 시인이 밥 안치고, 차 끓이고, 방 덥히는 소소한 일상에서 '당하즉오'의 깨침을 얻고 있음을 보았다. 참외 두 개 덤으로 주는 '마음'에서 시의 진정한 위의를 읽어내는 것도 보았다. 그의 일상은 결코 평범한 것이 아니었다. 심지어 시인은 자신이 끓인 "콩나물 김칫국"을 "당대 최고의 수라"라고 자신이 "칭찬하며/ 윤허해 주고" 먹는 사람이다. 그리해야 "지존하신 속이 시원해지고/ 그 속에 들어가신 북이 대가리도/ 함께 앙천대소하시는 것"(「망언 19」)을 느끼는 사람이다. 이러하니 시집 제목 『산곡山曲』처럼 '산의 노래'를 부르며 '무수지수'하고 있는 그의 하루하루가 어찌 '웅장하며 위엄 있고 엄숙한 나날'을 '수습'하는 것이 되지 않을 것인가.